Rumpelstiltskin

La Novela Gráfica

contada por Martin Powell

ilustrada por Erik Valdez Y Alanis

STONE ARCH BOOKS
a capstone imprint

Graphic Spin es publicado por Stone Arch Books
A Capstone Imprint
151 Good Counsel Drive, P.O. Box 669
Mankato, Minnesota 56002
www.capstonepub.com

Impreso en los Estados Unidos de América Stevens Point, Wisconsin.
092009
005619WZS10

Data Catalogada de esta Publicación esta disponible en el website de la Librería del Congreso.
Library Binding: 978-1-4342-1904-6
Paperback: 978-1-4342-2273-2

Resumen: Para pagar las deudas de su padre, Mirabella promete al rey que hilará oro de la paja. Un duende malvado acepta ayudarla a cambio de algo. Ahora, Mirabella debe pagar una deuda aún mayor, a menos que logre adivinar el nombre de la terrible criatura.

Dirección artística: Heather Kindseth
Diseño gráfico: Kay Fraser
Producción: Michelle Biedscheid
Traducción: María Luisa Feely bajo la dirección de Redactores en Red

Rumpelstiltskin

La Novela Gráfica

STONE ARCH BOOKS
a capstone imprint

PERSONAJES

RUMPELSTILTSKIN

DANIEL, EL MOLINERO

4

MIRABELLA

EL REY CONRAD

5

Mirabella se enfrentaba ahora al mismo castigo que su padre.

El rey espera su oro.

¡No lo defraudes!

¡Oh, padre! ¿Por qué mentiste?

13

Ni en sueños podía la joven imaginar cómo entregaría más oro hilado de la paja.

Mientras que el rey soñaba con algo más que el oro de Mirabella.

Esa noche . . .

¿Qué haré ahora?

Seca esas lágrimas, bella dama.

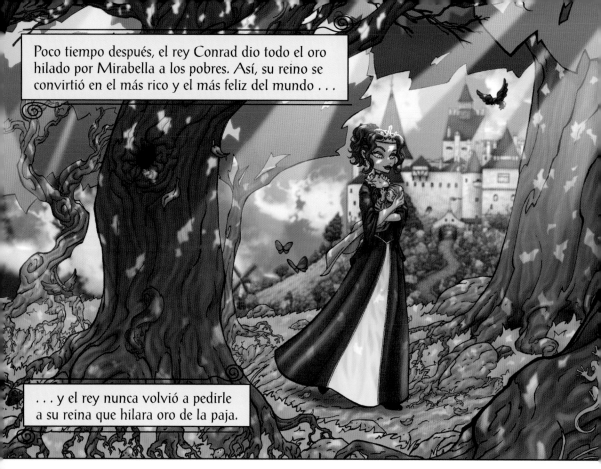

Poco tiempo después, el rey Conrad dio todo el oro hilado por Mirabella a los pobres. Así, su reino se convirtió en el más rico y el más feliz del mundo . . .

. . . y el rey nunca volvió a pedirle a su reina que hilara oro de la paja.

La belleza de Mirabella y el nacimiento de su princesa eran toda la magia que ambos necesitaban.

Había pasado casi un año desde que Mirabella se había convertido en reina.

Pero entonces . . .

ACERCA DEL AUTOR

Martin Powell es escritor independiente desde 1986. Ha escrito cientos de cuentos, y Disney, Marvel, Tekno Comix y Moonstone Books, entre otros, publicaron muchos de ellos. En 1989, Powell recibió una nominación a los premios Eisner por su novela gráfica *Scarlet in Gaslight*. Este premio es uno de los mayores honores que puede recibir un libro de cómic.

ACERCA DEL ILUSTRADOR

Erik Valdez y Alanis nació y creció en Ciudad de México, México, y dibuja desde los dos años. Utiliza su pasión por el arte para la ilustración, la pintura y el diseño. Valdez lleva ganados una serie de premios por su arte, incluido el premio de oro L. Ron Hubbard al ilustrador del futuro en 2004. Hizo ilustraciones para libros, revistas y cubiertas de CD. En la actualidad, Valdez está centrado en los cómics y muy recientemente hizo *The Sleepy Truth* para Viper Comics. Cuando no está trabajando, a Valdez le encanta viajar, leer muy buenos libros y comer pastel de chocolate.

GLOSARIO

alteza: título que se le da a los miembros de una familia real

ave de fuego: ave mítica

castigar: imponer sufrimiento a alguien por un delito que cometió

dama: modo formal de llamar a una mujer

defraudar: desilusionar a alguien por no hacer lo que esa persona esperaba

deuda: monto de dinero o cosa que se debe

duende: criatura mítica

ganga: algo que se compra por menos dinero del que cuesta

hechizo: palabra o conjunto de palabras que supuestamente poseen poderes mágicos

milagro: suceso maravilloso que no puede explicarse

molinero: persona que posee u opera un molino

observar: mirar algo con gran interés

señor: modo formal de llamar a un hombre

LA HISTORIA DE RUMPELSTILTSKIN

Rumpelstiltskin existe desde hace cientos de años. Como sucede con la mayoría de los cuentos de hadas clásicos, la historia se transmitió de manera oral de una generación a la siguiente. Ya en el siglo XVI todos en Europa conocían al malvado duende y sus poderes mágicos. En 1577 el personaje hizo su primera aparición en un libro alemán llamado *Geschichtenklitterung or Gargantua,* del escritor Johann Fischart.

Los historiadores y académicos no logran ponerse de acuerdo en cuanto al origen del nombre Rumpelstiltskin. Algunos creen que viene del vocablo alemán *Rumpelstilzchen*, que significa "pequeño sacudidor de postes" o criatura que sacude postes. Otros creen que el nombre tiene una relación más cercana con *Rumpelgeist*, un monstruo con apariencia de duende.

Más allá del significado del nombre, la historia de Rumpelstiltskin es la misma. De hecho, en muchos países el duende ni siquiera se llama Rumpelstiltskin. En Irlanda la criatura recibe el nombre de Trit-a-Trot, mientras que en Escocia se lo conoce como Whuppity Stoorie.

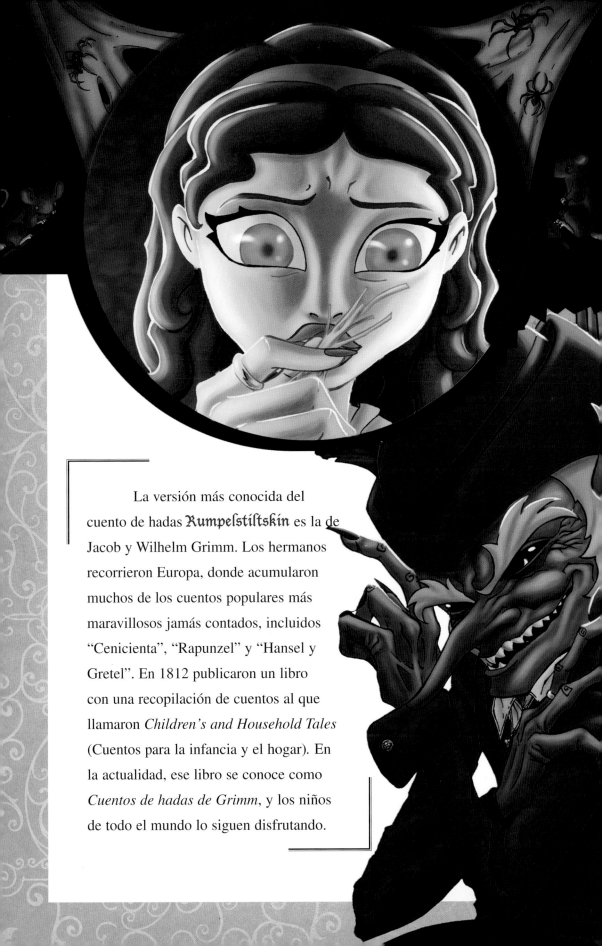

La versión más conocida del cuento de hadas 𝕽umpelstiltskin es la de Jacob y Wilhelm Grimm. Los hermanos recorrieron Europa, donde acumularon muchos de los cuentos populares más maravillosos jamás contados, incluidos "Cenicienta", "Rapunzel" y "Hansel y Gretel". En 1812 publicaron un libro con una recopilación de cuentos al que llamaron *Children's and Household Tales* (Cuentos para la infancia y el hogar). En la actualidad, ese libro se conoce como *Cuentos de hadas de Grimm*, y los niños de todo el mundo lo siguen disfrutando.

PREGUNTAS PARA DEBATIR

1. ¿Crees que Mirabella hizo bien en aceptar la ayuda de Rumpelstiltskin? ¿Por qué? ¿Qué podría haber hecho en lugar de eso?

2. ¿Crees que el rey Conrad era un rey bueno o malo? ¿Te parece que Mirabella hizo bien en casarse con él? Explica tus respuestas.

3. Con frecuencia los cuentos de hadas se cuentan una y otra vez. ¿Habías escuchado el cuento de Rumpelstiltskin antes? ¿En qué se diferencia esta versión del cuento de las otras versiones que escuchaste, viste o leíste?

CONSIGNAS DE REDACCIÓN

1. Los cuentos de hadas son historias de fantasía que a menudo tratan sobre magos, duendes, gigantes y hadas. La mayoría de los cuentos de hadas tienen finales felices. Escribe tu propio cuento de hadas. Luego, léeselo a un amigo o a alguien de tu familia.

2. Imagina que tienes el poder de convertir paja en oro. ¿Qué harías con todo el dinero que eso te daría? Escribe un cuento corto sobre cómo lo gastarías.

3. Al final de la historia, el autor dice que Mirabella y el rey Conrad vivieron felices para siempre. ¿Qué crees que sucedió después? ¿Regresará Rumpelstiltskin? ¿Mirabella perdonará a su padre? Usa tu imaginación para escribir una segunda parte de esta historia.